Harry Potter™

HARRY POTTER™

GUIA CINEMATOGRÁFICO

ROCCO
JOVENS LEITORES

www.harrypotter.com

Título original: HARRY POTTER™: CINEMATIC GUIDE

Publicado no Brasil em 2017 pela Editora Rocco Ltda., mediante acordo com a Scholastic Inc.

Tradução: Regiane Winarski

De: Felicity Baker
Direção de arte: Rick DeMonico
Design de página: Two Red Shoes Design

EDITORA ROCCO LTDA.
Av. Presidente Wilson, 231 – 8º andar – 20030-021 – Rio de Janeiro, RJ
Tel.: 3525-2000 – Fax: 3525-2001
rocco@rocco.com.br | www.rocco.com.br

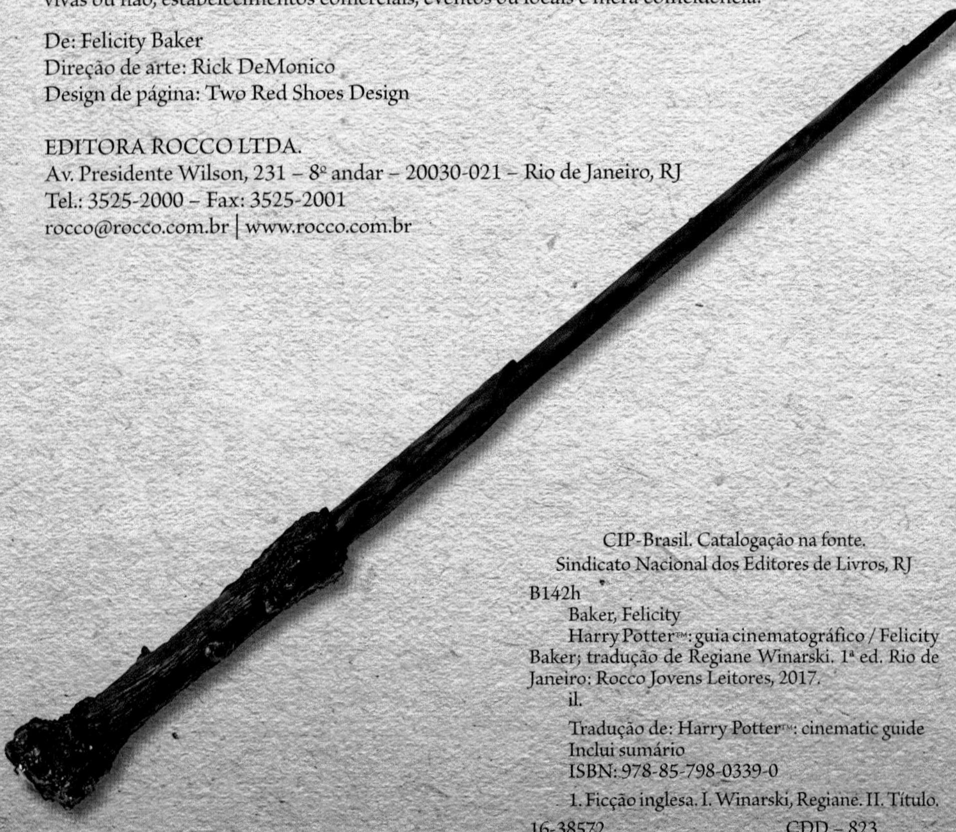

CIP-Brasil. Catalogação na fonte.
Sindicato Nacional dos Editores de Livros, RJ

B142h
Baker, Felicity
Harry Potter™: guia cinematográfico / Felicity Baker; tradução de Regiane Winarski. 1ª ed. Rio de Janeiro: Rocco Jovens Leitores, 2017.
il.

Tradução de: Harry Potter™: cinematic guide
Inclui sumário
ISBN: 978-85-798-0339-0

1. Ficção inglesa. I. Winarski, Regiane. II. Título.

16-38572 CDD – 823
CDU – 821.111-3

Sumário

O começo

Harry Potter sempre achou que era um menino comum. Mas em seu décimo primeiro aniversário, Harry descobre um segredo maravilhoso: ele é um bruxo!

Os pais de Harry Potter, Lílian e Tiago, se conhecem na Escola de Magia e Bruxaria de Hogwarts quando são alunos. Eles se apaixonam e acabam se casando.

Lílian antes de começar a estudar em Hogwarts.

Tiago quando aluno de Hogwarts.

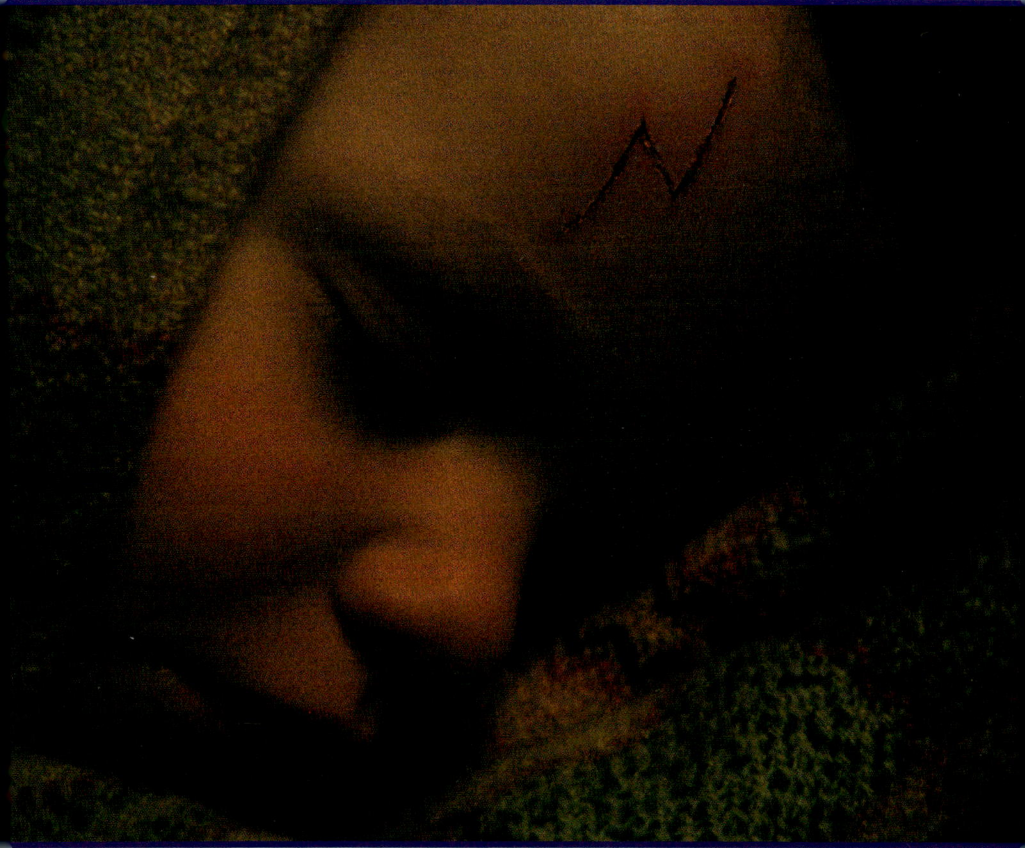

Quando Harry é apenas um bebê, os pais são mortos pelo cruel Lorde Voldemort. Ele também tenta matar Harry. Mas Harry sobrevive com uma cicatriz de raio na testa como um lembrete terrível.

Os professores Dumbledore e McGonagall, amigos bruxos dos pais de Harry, levam o bebê para morar com parentes trouxas, os Dursley.

Rúbeo Hagrid, um bruxo e guarda-caça de Hogwarts, leva o bebê Harry até a rua dos Alfeneiros em uma motocicleta voadora.

Tia Petúnia, tio Válter e o primo, Duda, tratam Harry muito mal.

Eles nunca contam a verdade para Harry sobre o passado de seus pais.

Harry mora em um armário embaixo da escada.

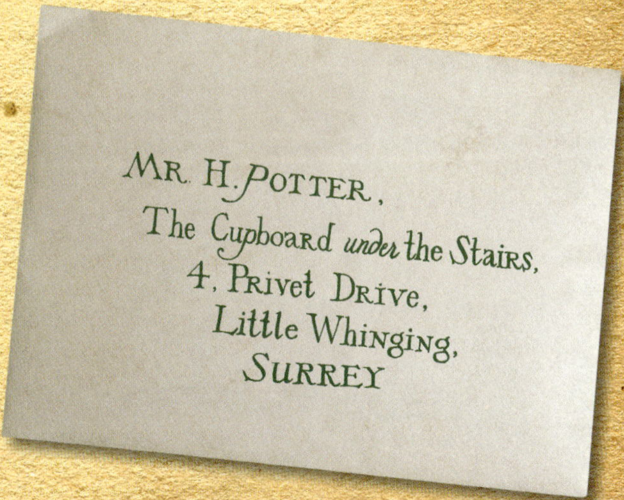

Eles não entregam a Harry uma correspondência de importância vital — uma carta convidando Harry para estudar na Escola de Magia e Bruxaria de Hogwarts.

Mas o destino de Harry não pode ser adiado. Os Dursley não conseguem esconder as cartas de Harry para sempre.

"Prezado sr. Potter, temos o prazer de informar que você foi aceito na Escola de Magia e Bruxaria de Hogwarts..."

— Carta da Professora McGonagall, Filme *Harry Potter e a Pedra Filosofal*

Harry se encontra novamente com Hagrid quando ele vai levar o menino para sua nova vida em Hogwarts.

Hagrid conta a Harry a verdade sobre os seus pais.

Hagrid leva Harry para o Beco Diagonal, um local onde bruxas e bruxos fazem compras.

Hagrid e Harry vão a Gringotes, um banco bruxo controlado por duendes, para buscar o dinheiro que os pais de Harry deixaram para ele.

Depois, vão até Olivaras para Harry comprar uma varinha.

"É curioso que você esteja destinado a ficar com essa varinha quando a irmã dela... provocou sua cicatriz."

— Sr. Olivaras,
Filme *Harry Potter e a Pedra Filosofal*

Para chegar a Hogwarts, Harry precisa pegar o Expresso de Hogwarts na plataforma nove e meia, na estação de King's Cross. Na estação, Harry encontra outro garoto que também é do primeiro ano em Hogwarts, Rony Weasley.

"Vocês podem me dizer onde encontro a plataforma nove e meia?"

— Harry Potter,
Filme *Harry Potter e a Pedra Filosofal*

9¾ HOGWARTS™ EXPRESS

A mãe de Rony diz para Harry que, se ele estiver nervoso, pode ser que seja mais fácil chegar à plataforma nove e meia se sair correndo.

Rony e Harry fazem amizade no caminho para Hogwarts.

Rony: "Então é verdade? Você tem mesmo a... a...?"

Harry: "A o quê?"

Rony: "A cicatriz."

— Filme *Harry Potter e a Pedra Filosofal*

Mais tarde, outra colega do primeiro ano, Hermione Granger, se junta a eles.

Hermione faz um feitiço que conserta os óculos quebrados de Harry.

A vida em Hogwarts

Enquanto está em Hogwarts,
Harry descobre um mundo que
não sabia que existia,
cheio de amigos maravilhosos
e magia!

GRYFFINDOR

Quando os alunos chegam a Hogwarts pela primeira vez, são reunidos no Salão Principal para serem selecionados para suas casas pelo Chapéu Seletor.

"Vocês vão ser selecionados para suas casas. As casas são Grifinória, Lufa-Lufa, Corvinal e Sonserina. Enquanto vocês estiverem aqui, sua casa vai ser como sua família."

— Professora McGonagall,
filme *Harry Potter e a Pedra Filosofal*

Harry é selecionado para a Grifinória, assim como seus pais haviam sido.

Seus novos amigos também são selecionados para a Grifinória.

Hogwarts é cheia de objetos e criaturas encantadas e misteriosas.

Fred e Jorge Weasley dão a Harry o Mapa do Maroto. O mapa mostra a localização de todas as pessoas dentro de Hogwarts.

O professor Dumbledore dá a Harry uma coisa especial que pertencia ao pai dele, uma Capa da Invisibilidade.

Enquanto está explorando uma sala proibida de Hogwarts, Harry encontra o Espelho de Ojesed. Nele, vê os rostos sorridentes dos pais.

"Ele não mostra mais nem menos do que os desejos mais profundos e desesperados dos nossos corações."

— Professor Dumbledore,
filme *Harry Potter e a Pedra Filosofal*

As aulas em Hogwarts são bem diferentes das aulas nas escolas normais — são sempre empolgantes e muitas vezes desafiadoras.

Harry teme ir para a aula de Poções do professor Snape. Harry sempre tem a sensação de que Snape o persegue.

A aula de Herbologia é dada pela professora Sprout.

Os alunos tentam ver o futuro na aula de Adivinhação da professora Trelawney.

Nas aulas de voo, Harry descobre seu talento natural em uma vassoura.

Quando os alunos enfrentam a ameaça de Lorde Voldemort, Harry ensina secretamente os amigos a se protegerem. Esse grupo passa a ser conhecido como Armada de Dumbledore.

"Todos os grandes bruxos da história começaram como o que somos agora: alunos. Se eles conseguem, por que nós não?"

— Harry Potter,
filme *Harry Potter e a Ordem da Fênix*

O Torneio Tribruxo é uma competição mágica que acontece entre Hogwarts, o Instituto Durmstrang e a Academia de Magia Beauxbatons. Harry é selecionado como competidor de Hogwarts.

A primeira tarefa é recuperar um ovo de ouro protegido por um dragão.

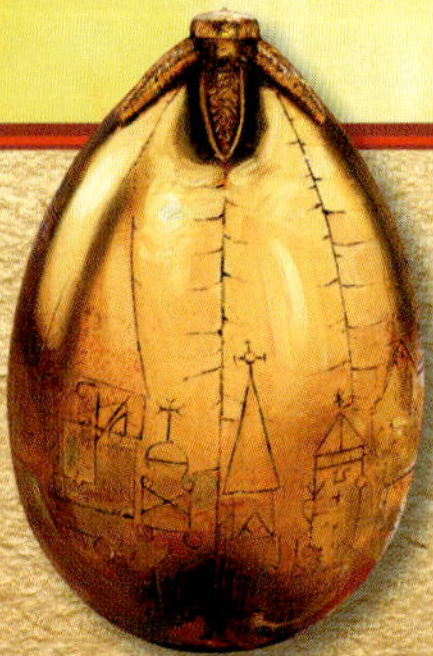

Na segunda tarefa, Harry precisa salvar Rony do fundo de um lago negro, fugindo de perigosos sereianos no caminho.

A terceira tarefa é percorrer um labirinto traiçoeiro para encontrar a Taça Tribruxo.

Harry estuda muito em Hogwarts, mas também consegue um tempo para se divertir e ir a festas especiais.

Harry dança com a colega da Grifinória, Parvati Patil, no Baile de Inverno.

Harry gosta de jogar xadrez de bruxo com Rony.

Hermione, Harry e Rony visitam Hogsmeade nos fins de semana.

Não tem passatempo de que Harry goste mais do que quadribol.

A professora McGonagall recruta Harry para ser apanhador da Grifinória.

Harry admira o capitão e goleiro de quadribol da Grifinória, Olívio Wood.

Harry enfrenta seu rival Draco Malfoy no campo de quadribol.

O quadribol é um esporte difícil, e mais ainda quando dementadores atacam durante uma partida.

Família, amigos e inimigos

Os amigos que Harry faz em Hogwarts se tornam sua verdadeira família, assim como seus professores e os membros da Ordem da Fênix. Hogwarts também é onde Harry conhece seus inimigos mais poderosos.

Harry, Rony e Hermione formam um laço verdadeiramente inquebrável.

"Talvez você não precise fazer isso tudo sozinho, amigão."

— Rony Weasley, filme *Harry Potter e a Ordem da Fênix*

*"Nós não duraríamos dois dias sem ela...
Não diga para ela que falei isso."*

— Rony Weasley,
filme *Harry Potter e as Relíquias da Morte — Parte 2*

"Você precisa de nós, Harry."

— Hermione Granger,
filme *Harry Potter e o Enigma do Príncipe*

A família de Harry cresce durante o tempo que ele passa em Hogwarts.

Em seu terceiro ano, Harry descobre que tem um padrinho, Sirius Black.

Os Weasley tratam Harry como se fosse da família.

Harry acompanha os Weasley na Copa Mundial de Quadribol.

A Ordem da Fênix, um grupo de bruxos que se opõe a Lorde Voldemort, recebe Harry de braços abertos. Muitos dos membros são os aliados de mais confiança de Harry, incluindo o professor Dumbledore, a professora McGonagall e o professor Lupin.

Alvo Dumbledore

Minerva McGonagall

Kingsley Shacklebolt

Ninfadora Tonks

Remo Lupin

Rúbeo Hagrid

Sirius Black

Alastor "Olho-Tonto" Moody

Arthur Weasley

Molly Weasley

Neville Longbottom muitas vezes participa das aventuras de Harry.

"As coisas que perdemos acabam voltando para nós no final. Mesmo que nem sempre como esperamos."

— LUNA LOVEGOOD,
FILME *HARRY POTTER E A ORDEM DA FÊNIX*

Harry fica amigo de Luna Lovegood, aluna da Corvinal.

Cho Chang, da Corvinal, fica próxima de Harry quando entra para a Armada de Dumbledore. Eles até se beijam no quinto ano de Harry.

Harry e Gina Weasley se tornam mais do que amigos.

Alguns professores estão mais interessados em serem cruéis com Harry do que em ensinar.

O professor Snape parece odiar Harry.

"Claramente, a fama não é tudo, é, sr. Potter?"

— Professor Snape, filme *Harry Potter e a Pedra Filosofal*

Dolores Umbridge, professora de Defesa Contra as Artes das Trevas, trata Harry com rigidez. Ela pune Harry fazendo-o usar uma pena especial que deixa marcas na mão dele.

Desde que Harry Potter e Draco Malfoy se conhecem, o clima fica ruim entre os dois. Esse ódio se estende aos pais de Malfoy, que são Comensais da Morte.

"Não tem uma bruxa ou bruxo que tenha ficado mau que não fosse da Sonserina."

— RONY WEASLEY,
FILME *HARRY POTTER E A PEDRA FILOSOFAL*

Lorde Voldemort já foi aluno de Hogwarts, conhecido como Tom Riddle. Voldemort acredita, por causa da Profecia, que Harry é forte o bastante para derrotá-lo e, por isso, quer Harry morto.

"A Profecia dizia que nenhum dos dois pode viver enquanto o outro sobreviver. Quer dizer que um de nós vai ter que matar o outro no final."

— Harry Potter,
filme *Harry Potter e a Ordem da Fênix*

Animais e criaturas

Ao longo dos oito filmes de *Harry Potter*, Harry encontra todos os tipos de criaturas mágicas incríveis e animais estranhos.

Algumas criaturas mágicas se tornam amigas e aliadas de confiança de Harry.

A coruja branca de Harry, Edwiges, é presente de Hagrid.

Dobby, o elfo doméstico, fica amigo de Harry e se esforça para ajudá-lo em uma série de ocasiões.

"Dobby veio salvar Harry Potter, claro."

— Dobby,
filme *Harry Potter e as Relíquias da Morte — Parte 1*

Harry engana Lúcio Malfoy para que liberte Dobby da escravidão.

Harry também conhece criaturas mágicas que pertencem a seus professores de Hogwarts.

Fawkes, a fênix do professor Dumbledore, ajuda Harry quando ele está na Câmara Secreta.

"Claro, as lágrimas de uma fênix têm grande poder de cura."

— Harry Potter,
filme *Harry Potter e a Câmara Secreta*

Hagrid e Harry com Aragogue, a amada aranha de estimação de Hagrid.

Harry com Bicuço, o hipogrifo de Hagrid.

Algumas criaturas que Harry encontra são úteis na hora de fazer uma saída ousada. Harry, Rony e Hermione fogem de Gringotes montados em um dragão.

"Brilhante. Simplesmente brilhante."

— RONY WEASLEY,
FILME *HARRY POTTER E AS RELÍQUIAS DA MORTE — PARTE 2*

Lutando con
Voldemor

Durante o tempo que passa em Hogwarts, Harry tem várias batalhas com Lorde Voldemort em que quase morre. Na maioria dos encontros, Harry tem os amigos ao lado; no entanto, na última batalha explosiva, Harry luta contra o Lorde das Trevas sozinho.

Durante a terceira tarefa do Torneio Tribruxo, Harry e Voldemort ficam cara a cara em seu primeiro duelo. Harry quase não escapa com vida.

No quinto ano de Harry, Dumbledore intervém na hora que Voldemort está prestes a matar Harry. Eles têm um duelo explosivo no Ministério da Magia.

A batalha final entre Harry e Voldemort acontece em Hogwarts.

"Vamos lá, Tom. Vamos acabar isso como começamos: juntos."

— Harry Potter para Voldemort,
Filme *Harry Potter e as Relíquias da Morte — Parte 2*

Quando a última Horcrux é destruída, Voldemort enfraquece.

Agora, Harry pode finalmente destruir Voldemort de uma vez por todas.

"Dedicação é importante, mas tem uma coisa que importa ainda mais. Acreditar em si mesmo."

— HARRY POTTER,
FILME *HARRY POTTER E A ORDEM DA FÊNIX*